द्वारा प्रकाशित
X-30 ओखला इंडस्ट्रियल एरिया, फेज-2, नई दिल्ली-110020
फोन न.:- 011 40712200, ईमेल : sales@dpb.in

चित्रकार: देवाशिष शर्मा

परिकल्पना एवं संयोजन Diamond TOONS

पांच सौ पचास वर्ष पहले लाहौर (अब पाकिस्तान में) के पास तलवंडी नामक गांव में 15 अप्रैल, 1469 को गुरुनानक जैसी महान आत्मा का जन्म हुआ। उनके पिता गांव के पटवारी थे और माता तृप्ता एक घरेलू महिला थीं। जब गुरुनानक का जन्म हुआ तो सारा गाँव इस नन्हे बच्चे को देखने आया था। यह बच्चा गाँव वालों के आश्चर्य का केंद्र बन गया था।

ऐसा पहली बार हुआ कि बच्चा रोने की जगह पैदा होते ही हँसने लगा है।
कितना प्यारा बच्चा है अभी भी हंस रहा है।
गांव के सभी लोग कितने खुश नजर आ रहे हैं।

माँ भाई का क्या नाम रखें?
तुम्हारा नाम नानकी तो इसका नाम नानक रख देते हैं।
हां, मां। यह नाम अच्छा रहेगा।

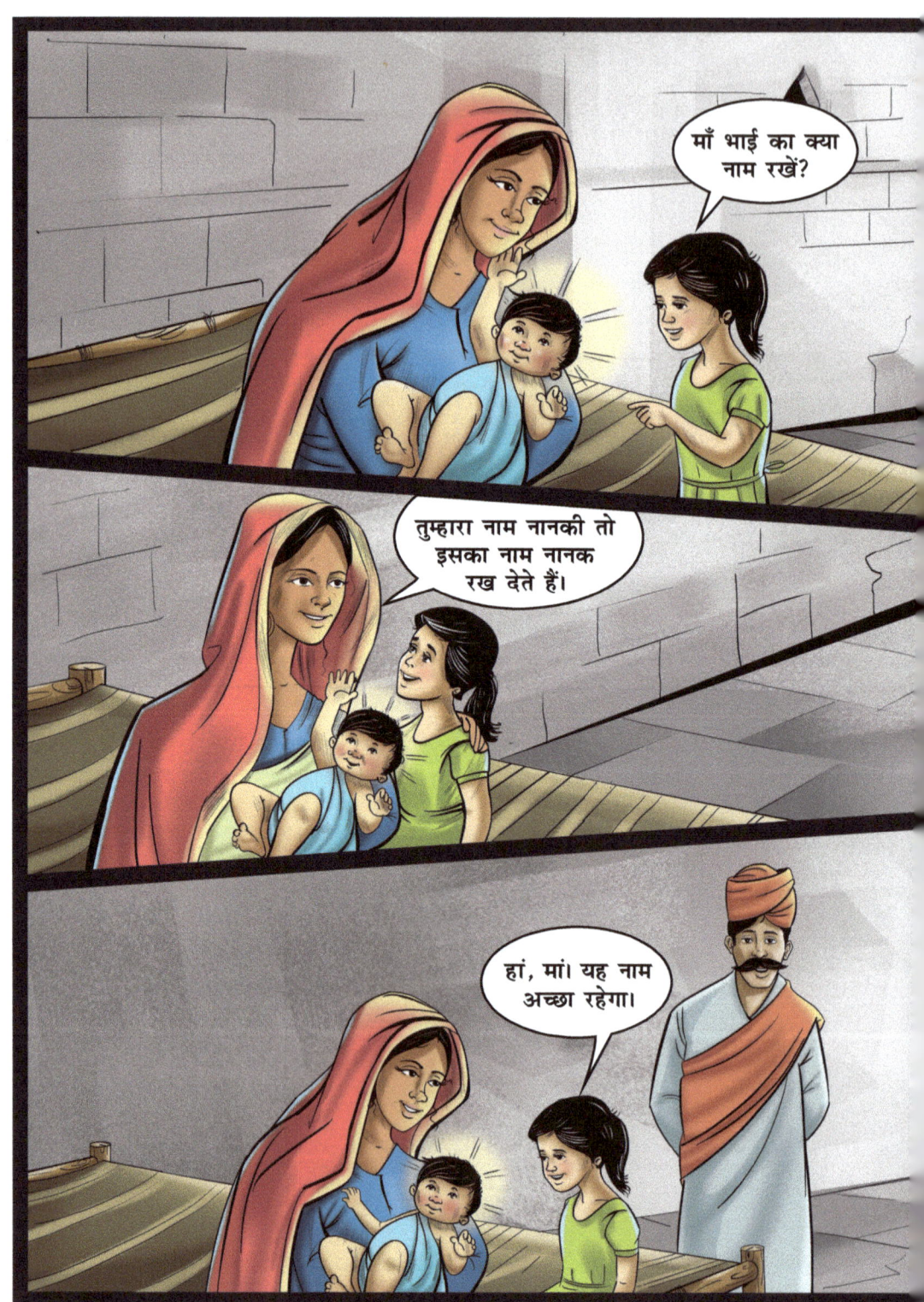

ज्योतिष जी इसकी जन्मपत्री देखकर बताओ कि क्या लिखा है इसके भविष्य में?
नानक का भविष्य उज्जवल है। तुम चिन्ता न करो।
शुक्रिया पंडित जी

इसे मैं एक अच्छा व्यापारी बनाऊँगा।

देखो तो, नानक अपनी बहन की किताबों को खोल कर देख रहा है। अब शायद सही समय आ गया है कि इसकी शिक्षा का प्रबंध कर दें।

आप सही कह रहे हैं। कल से पंडित जी के पास भेजेंगे।

छः महीने बाद...
पंडित जी, हमारा बेटा पढ़ाई में कैसा है?
मैं उसको जितना सिखा सकता था, उसने बहुत जल्दी सीख लिया है।
मुझे आप पर पूरा विश्वास है।
अब मैं नानक को मौलवी जी के पास भेज दूंगा।

छः महीने बाद...
नानक की शिक्षा कैसी चल रही है?
मैं क्या कहूं? मुझे जितना ज्ञान था, नानक सब सीख गया है।
यह तो आपका बड़प्पन है।
अब आप नानक की परवरिश घर पर ही करें।

देखो तो नानक घर के काम-काज करने की बजाय चुपचाप बैठा रहता है। कुछ सोचता रहता है। पता नहीं इसे क्या हो गया है?
यह बात तो है! क्यों न इसे घर के काम-काज में व्यस्त रखा जाए? इसे कल से गाय-भैंस चराने के लिए भेज देता हूँ।
हां! यह ठीक रहेगा।

नानक! आज से तुम गाय-भैंसों को चराने प्रतिदिन सुबह जाया करोगे।
जी पिता जी! जैसी आपकी आज्ञा।
मुझे पता था तुम हमारी बात कभी नहीं टालोगे।

तुम ज्ञान-ध्यान में लगे हो, देखते नहीं कि तुम्हारे जानवरों ने मेरी सारी फसल बर्बाद कर दी। अब मैं तुम्हारी शिकायत करूँगा।
महोदय! आपके बेटे ने मेरी सारी फसल बर्बाद करवा दी। मुझे अपनी फसल का मुआवजा चाहिए।
नानक क्या तुमने ऐसा किया?
नहीं पिता जी, चाहें तो आप खेतों में जाकर देख लें।

आइये आप भी खेतों की हालत अपनी आंखों से देख लीजिए।
महोदय! आपके खेत तो सुरक्षित हैं।
यह कैसे हो सकता है?
मैंने तो पहले ही कहा था। मैंने कुछ नहीं किया।

जनाब, जब मैंने अपनी फसल को देखा था तो वह नष्ट हो चुकी थी, यह तो चमत्कार हो गया। नानक की जय हो।
अब घर चलो। आज घर में पंडित जी आने वाले हैं।
लो बेटा, जनेऊ पहन लो।

ऐसा कोई धागा मेरे पास नहीं है।
पंडित जी मुझे दया, धर्म, संतोष का जनेऊ पहनाओ जो न टूटे-जले, न नष्ट हो। धागा पहनने से कोई पवित्र नहीं होता।
नानक ठीक कहता है। गले में धागा डालने से कोई पवित्र नहीं होता है। नानक हमें पाखंड से बचाना चाहते हैं। मैं वचन देता हूं कि आज से नानक के पद चिह्नों पर चलूंगा।
हां! हां! नानक सही कह रहा है। हम भी नानक के पद चिह्नों पर चलेंगे।
नोटः गुरुनानक ने धर्म के नाम पर प्रतिपादित धार्मिक मान्यताओं को तर्क के साथ अस्वीकार किया।

बेटा लगता है तुम्हारा मन अब पशु चराने में नहीं लगता है। आज से तुम खेती-बाड़ी करना शुरू करो।
लेकिन पिताजी, मैं तो सच्चाई की खेती करना चाहता हूँ। ऐसी खेती जिसमें मन को हल बनाकर, जप-तप का पानी डालकर, ईश्वर नाम का बीज बो कर, प्रेम की फसल उगाना चाहता हूँ।
तुम्हें कुछ हुआ तो नहीं बेटा! तुम्हें कल वैद्य जी को दिखाता हूँ।

वैद्य जी! नानक को जरा अच्छी तरह से देख लो। इसे कोई बीमारी तो नहीं है? ये न खाता-पीता है और न ही ठीक से सोता है।
वैद्य जी मुझे ईश्वर से आत्मसात होने की बीमारी है। वही इसकी दवा दे सकता है।
मेरे पास ऐसी कोई दवा नहीं।

नोट: सिख धर्म का परम सिद्धान्त: किरत करो अपने हाथों से काम करके मेहनत का खाओ।

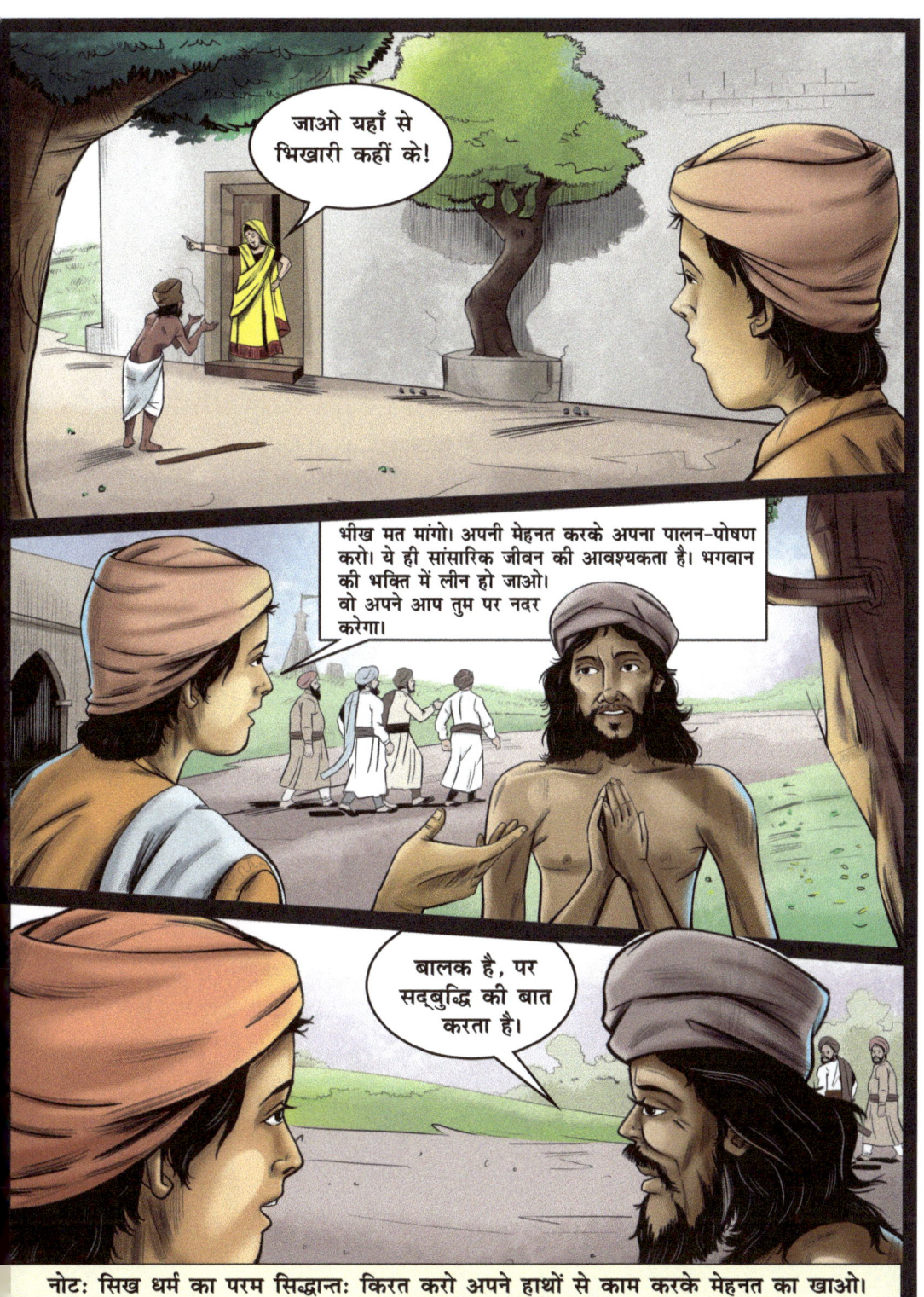

ये लो मेरे कपड़े और अपने घर चले जाओ।
नानक तुम अपने तन के कपड़े कहां लुटा आये?
बेटा! कुछ तो बताओ चुप क्यों हो।

जिसको जरूरत थी उसको दे दिए हैं।
हमें लगता है कि तुम अब जवान हो गये हो। बिना जिम्मेदारी के शायद तुम ऐसे ही रहोगे। अब तुम्हें कोई काम-धंधा करने की जरूरत है। ये लो बीस रुपये मंडी जाओ, कुछ सामान खरीदो और मुनाफा कमाओ।
हां!
बेटा! क्या तुम कर पाओगे?

मैं कर सकता हूं।
ठहरो पुत्र! हम साधु कई दिनों से भूखे हैं। क्या हमें भोजन खिला सकते हो?
बाला जी! सारी सामग्री और कपड़े इनमें बांट दो।

नोट: सिख धर्म में लंगर की परंपरा का आरम्भ इसी घटना से हुआ।

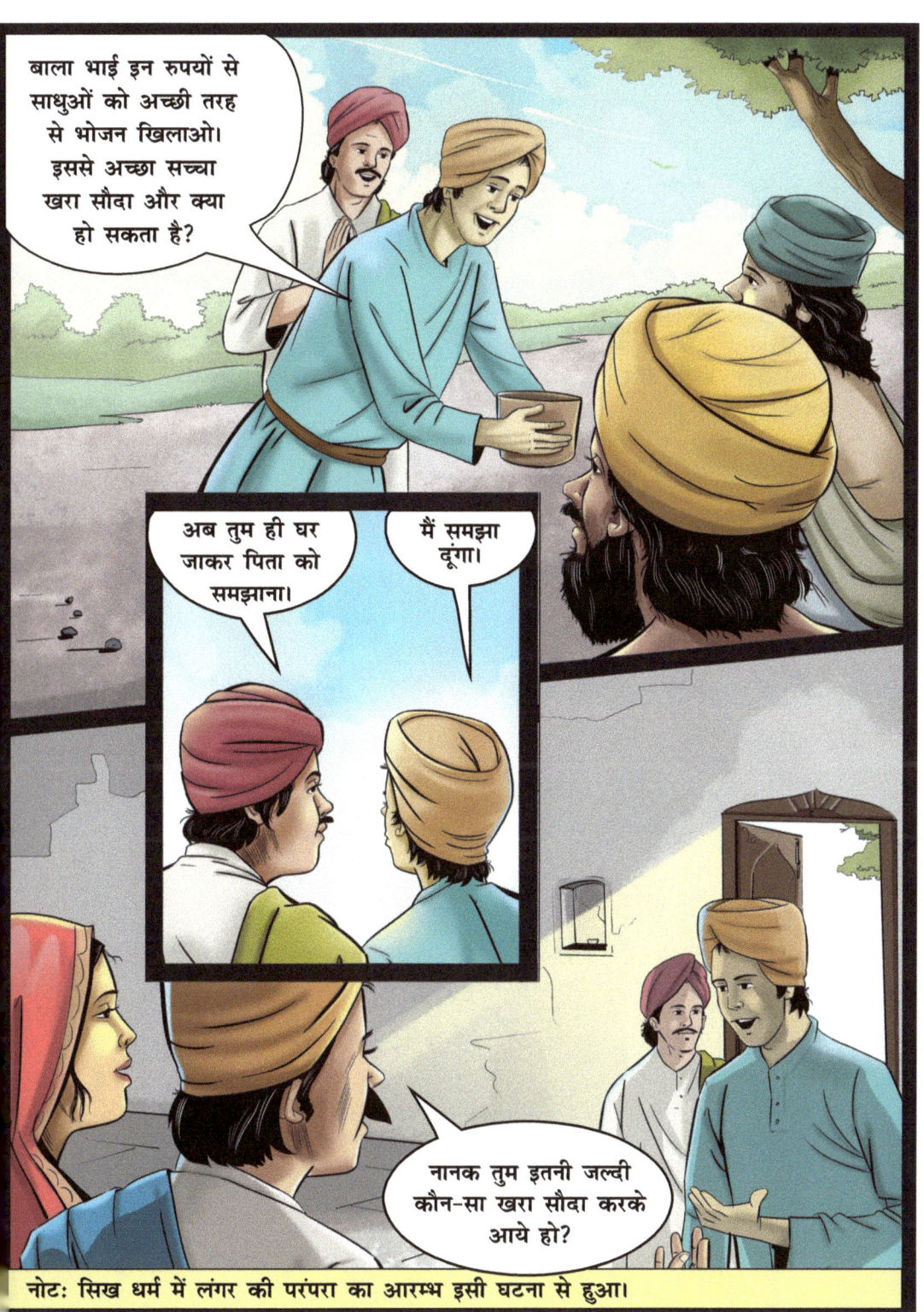

भूखों को भोजन कराके मैंने सबसे बड़ा व्यापार और सच्चा खरा सौदा किया है।
नानक! नबाब के यहाँ भंडार घर की देखभाल करने की नौकरी पर तुम्हें लगवा दिया है बहुत मेहनत से काम करना।
ठीक है।

तुमको पता है, शाही भण्डार से गरीब व्यक्ति जो भी मांगता है नानक उसको दे देता है। चलो आज नानक की शिकायत करते हैं।
महाराज की जय हो! नानक शाही भण्डार का माल गरीबों में लुटा रहा है। नानक के काम की जाँच हो।
चलो! मुझे दिखाओ।

मुझे बहुत दु:ख हुआ है। मैं अब नौकरी नहीं करूँगा और मन की शांति के लिए जल समाधि ले रहा हूँ।
नानक जी आप तीन दिन बाद जल समाधि से बाहर आये हैं आपका परिवार और शुभ चिन्तक बहुत परेशान थे।
हमारे लिए क्या सन्देश है?

नोट:- गुरुनानक ने जाति, धर्म, स्रोत व भाषा के आधार पर किए जाने वाले प्रत्येक भेदभाव का खण्डन किया।

25

ठीक है! आज नमाज के वक्त उन्हें बुलाओ, फिर पूछते हैं कि मुसलमान और हिन्दू एक कैसे हैं?
आज ही आपके सामने पेश करते हैं।
नानक जी आप कहते हैं कि न कोई हिन्दू हैं, न मुसलमान। तो फिर आज हमारे साथ नमाज पढ़ें!

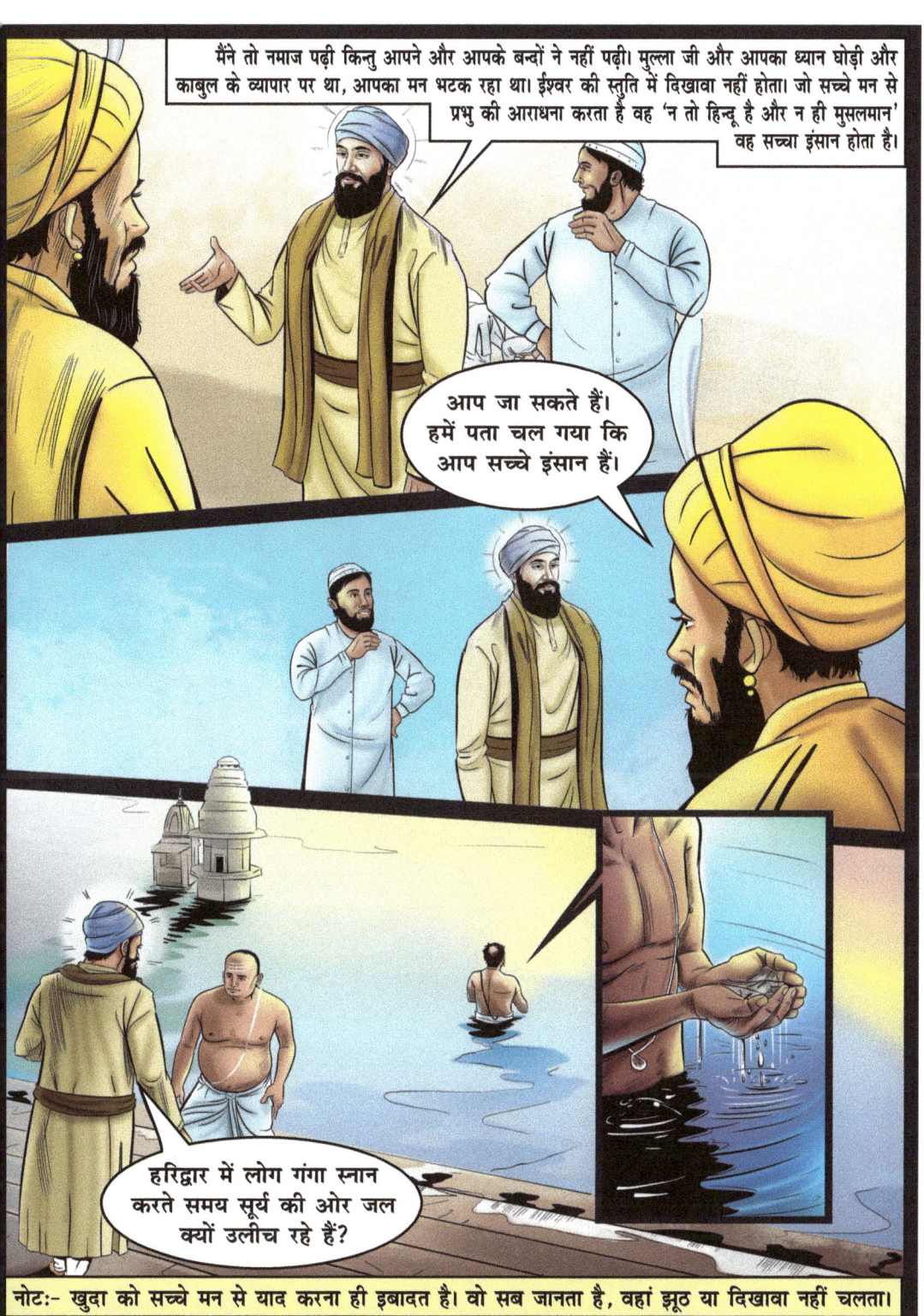

नोट:- खुदा को सच्चे मन से याद करना ही इबादत है। वो सब जानता है, वहां झूठ या दिखावा नहीं चलता।

ये लोग अपने पितरों को जल अर्पण कर रहे हैं. ताकि उनका जल उनके पितरों तक पहुंच जाए?
आप भी जल अर्पण कीजिए।
महोदय! पितरों को जल सूर्य की ओर मुख करके दिया जाता है।

नोट:- गुरु नानक ने आस्था के नाम पर फैले अंधविश्वासों का खंडन किया।

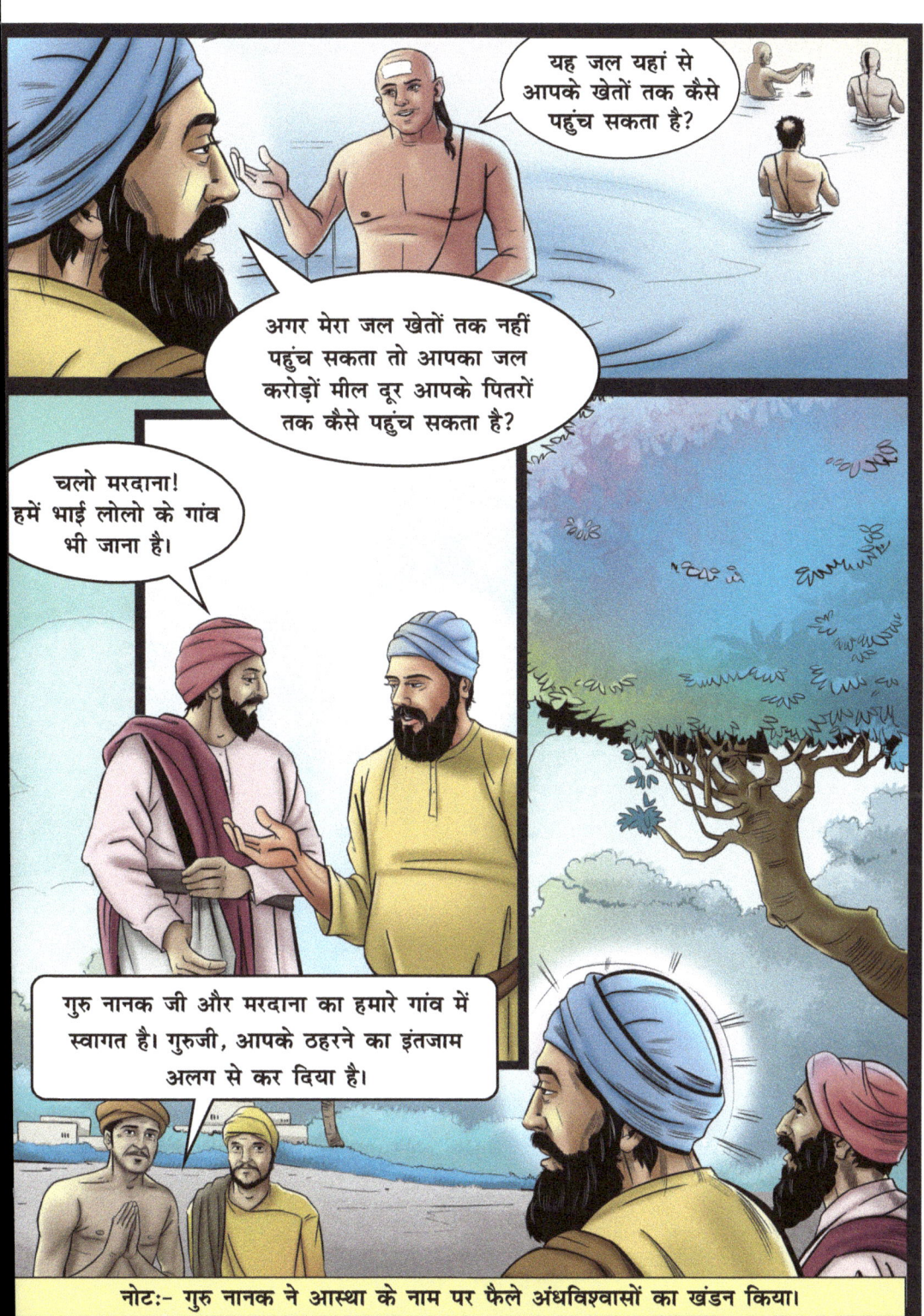

भाई लोलो, मैं जाति-पांति, ऊंच-नीच को नहीं मानता। सभी मनुष्य बराबर हैं। उनमें छोटे-बड़े, ऊंच-नीच का भेद पैदा करना परमात्मा का अपमान होता है। हम तुम्हारे पास ही ठहरेंगे, जो कुछ तुम खिलाओगे वही खाएंगे। मेरे लिए अलग से व्यवस्था करने की जरुरत नहीं है
क्षमा करें, गुरु जी।
लेकिन गुरु जी, मैंने आपके लिए स्वादिष्ट भोजन तैयार कराया है फिर मेरे यहाँ क्यों नहीं?
मेरे साथ चलो, तुम्हारे सवाल का जवाब दूंगा।

तुम गरीबों और मजदूरों का शोषण करते हो, लेकिन यह भाई लोलो अपनी मेहनत से रूखी-सूखी रोटियां खिलाएगा। ईश्वर हर जगह मौजूद है। वह कण-कण में व्याप्त है। परमात्मा पर भरोसा रखो और हमेशा उसकी इबादत करो। कभी किसी गरीब पर जुल्म मत करो। सच्चाई के पथ पर चलो, यही मेरा सन्देश है।

14 जून, 1539 को लहणा को अपना उत्तराधिकारी बनाने के बाद, 22 सितम्बर, 1539 को गुरु नानक ने ध्यान में बैठे हुए निर्णय किया कि अब शरीर त्यागने का समय आ गया है।

गुरु नानक जी सत्तर वर्ष की आयु तक भटके लोगों को सही और सच्ची राह दिखाते रहे। उनके जीवन में असंख्य हिन्दू और मुसलमान अनुयायी बन गए। परम ज्योति में लीन होने से पहले उन्होंने अपने प्रिय शिष्य भाई लहणा को अपनी गद्दी सौंप दी थी। गुरु नानक जी ने भाई लहणा को अपने अंग से लगाकर उनका नाम अंगद रख दिया और गुरुजी की ज्योति अंगद जी में आ गई और वे गुरु अंगद देव जी हो गए।

www.ingramcontent.com/pod-product-compliance
Lightning Source LLC
Chambersburg PA
CBHW042146170626
46815CB00006BA/332
* 9 7 8 9 3 8 8 2 7 4 6 8 5 *